SOL

Y

LUNA

SOL Y LUNA
"COLECCIÓN DE POEMAS"

Luis Alberto Gómez Castro

Primera edición: Febrero de 2020

ISBN: 978 - 607- 29 - 1994 - 5

Impreso en Estados Unidos – Printed in United States

La tinta que utilizamos no lleva cloro y el tipo de papel no lleva ácido. Ambos productos los suministra un proveedor certificado por el Consejo de Administración Forestal (FSC, Forest Stewardship Council). El papel está fabricado con un 30 % de material reciclado de reciduos.

DEDICADO:

A mi familia y amigos, gracias por su infinito apoyo porque a pesar de los momentos difíciles, fueron sus manos las cuales me levantaron, su confianza para afrontar los devenires del tiempo; su férrea convicción y creencia en mí. Han hecho posible que este sueño sea ahora una realidad; siendo este el comienzo de una nueva aventura.

SOL

Tu Partida

Así lo has querido que se vaya de mi lado

En un río de lágrimas mi corazón ha ahogado

Los recuerdos son buenos y tus labios he besado

Sin embargo, todos mis sueños los has quebrado

Tú me transformaste en un Romeo

Esparcido en todo el suelo has dejado a mi ego

Te entregue todo cuanto yo poseía

Con la mañana tomaste tu maleta y te marchaste cuando aún era de día

Nuestros caminos son distintos al igual que los pensamientos

De las calles borraste todos tus pasos

Más nunca pudiste hacerlo de tus ojos

Cuando en aquel último beso apasionado, mi alma convertiste en mil pedazos

Me es imposible olvidar tu tierna mirada

Yo era tu Romeo y tú eras mi Julieta

No podía evitar tu partida

Con tus ojos me miraste, con ese raro color violeta

Mi corazón está sangrando al igual que yo estoy llorando

No me arrepiento que de ti me haya enamorado

Esta noche es la última que estarás junto a mí

Con el rocío de la mañana te iras lejos de mí.

Vuelve Amor Mío

No puedo dejar de contar los días para que vuelvas

Tus últimas palabras dijeron que me amabas

Nunca olvidaré la manera en que caminabas

Con el calor de tus besos me brotan las palabras

Cuando te marchaste, lloré un río de lágrimas

Cuento cada minuto, cada hora para que regresarás

Y como aquel primer día de lluvia me abrazaras

En tus ojos logré ver que solamente tú me amas

Tú sabes que tú saliva, son como flamas apasionadas

Las cuales deseo que quemen cada una de mis venas

Nena nadie me veía como tú me mirabas

De haber sabido que aquel oscuro día ya no volverías

Que la muerte de mis brazos te arrebato

Cuando la noticia llegó a mis oídos mi corazón mató

Las notas de mi guitarra gritan tu nombre

Aquí en el desconsuelo ha quedado un hombre

Las gotas de mi sangre corren en aquella dirección

Con la vaga esperanza y la ilusión

De que volverás, aunque yo sé que en el cielo estas

La única mujer que me amó, nunca más volverás.

Rosa Roja

Fuiste mi rosa roja hasta aquella negra tarde

La ira me cegó y de esta tierra te arranco

Te fuiste como mi último cigarrillo

Como quisiera olvidarme de aquel trágico momento

Al lado de mi corazón se encuentra tu recuerdo

Ya que tatuada esta la rosa roja

Ondeada por la brisa del viento

Tu lacia y brillante cabellera pelirroja

Tumbado bajo la copa de bello abeto

Mi rosa roja, aún te mantengo en mi pensamiento

Nunca entenderé porque traicionaste mi confianza

En ti había puesto toda mi esperanza

Juntos éramos un par de hermosos canarios

Tu canto melodioso me llenaba de tranquilidad

Eras libre de volar donde el viento te dirija

Me encuentro llorando con dureza a mi amada rosa roja

Como un criminal la vida te arrebate

Mi acto no tiene perdón alguno, amada mía

Siendo un celoso y maldito hombre tu flama apague

Tenías una bella sonrisa, ahora te has ido como lo ha hecho el frío invierno.

Tinta Uno

Con el claro de la luna

Reflejándose en el horizonte

Aquel que se asoma por tus brazos

Pintándolos de blanco

Cual nubes en el cielo

Cual nieve en los campos

El reflejo de luz en tus ojos

Encarnando la alegría de Dios

Rojas son tus mejillas

Llenas de ternura

Me tiemblan las piernas

De mirarte, en el claro de la luna

Que te abraza como en tiempos antiguos

Se glorificaba al sol

El cual con su luz alejaba la penumbra

De tu sonrisa cristalina

Brota alegría

Felicidad debería ser tu nombre

Los rosales florecen al verte

Los claveles son más blancos

Cuando estas presente

Bendita es la tierra que te vio nacer

Dichosa es la planicie que te ha visto sonreír

El juglar cantará una historia con tu nombre

Misma que se inmortalizará a través de los tiempos

Porque sólo una alma pura

Nace cada milenio y este es tuyo

Al igual que mí enamorado corazón.

Voz de Ninfa

Bellísima cascada azabache

Con ondas suaves como pétalos

Danzando en una perfecta armonía con el viento

Hipnotizando mis glóbulos oculares

De suavidad excelsa

Cual manantial de miel

Dos claros de luna por pupilas

Tus ojos resplandecen en la oscuridad

Causándome una exultación celestial

Al mirar tus mejillas sonrosadas de azúcar

Esa impoluta mar de perlas que tenéis por sonrisa

Provocando una vorágine en mi interior

De sólo inmortalizar tu mirada

Como un tatuaje en mi musculo cardiaco

Y una efigie en mi memoria

La finesa de tu dermis como la seda

Suavidad en tus palmas

Tus caricias como hálito

De albura espiritual

Regocijan mi ser por completo

Estremeciendo cada fibra, célula y partícula de mi organismo

Brindándome un plácido sueño

Lleno de hadas y hechiceros

Tus manos de ninfa

Cobijan mi corazón en un lecho de hojas de tulipán

Envuelto en colores, como si durmiese en un arcoíris

Tu voz agita mis cavidades

De una alegría perpetua

Viaja a través de mis venas

Como un néctar sanador

A mis heridas más profundas

Con sólo tu sonrisa mi alma vuelve a respirar

Por medio de tus caricias mis alas han vuelto a crecer

Ahora puedo el cielo alcanzar.

Sangre

El río carmín ha salido de su cause

La corriente va en otra dirección

Con la luz de la mañana continua

En la noche sin detenerse hace su propio camino

Atravesar montañas y ciudades

Iluminando con luz de luna y estrellas

El torrente en todo su interior lleva un nombre

El carmín salió de su cautiverio

El cuerpo de un hombre

Quien lo libero

Necesitaba salir de su encierro

Necesita hallar a su homónimo

Una candorosa y sensual dama

Cuyo nombre provoca tormentas

Recorrerá días y noches hasta alcanzar su hogar

El carmín no se detendrá, continuará fluyendo

Fuerte es su marea

Se encuentra impregnada de amor y esperanza.

Tinta Dos

Las estrellas hoy tienen una brillantes, inusual

Finalmente has aparecido

Después de años de búsqueda y espera

Has llegado atravesando el cielo

A través de mis ojos vislumbraste

Que la búsqueda había concluido

Una estrella fragmentada en dos piezas

Arribando a la tierra en diferentes tiempos

Un sólo corazón

Quebrando las leyes naturales

Aquellos fragmentos se volvieron a unir

Formando un sólo ente

Brillando con su homóloga equiparable a la del padre sol

La sangre corre al mismo tiempo y en una sola dirección

Arribando a un hogar alterno que es tu corazón

Amada mía, descendiste del cielo

Para llevarme a tu casa, hacia tu seno

No es otro si no la profundidad del cielo

Purificaste mi negra alma

Entre tus manos la acogiste

Transformándola por completo

Eternamente me perderé entre tus ojos

Cuya mirada me lleva a tu hogar

El paraíso llamado cielo.

Luminaria Fugaz

Saber de tu existencia, bendita estrella fugaz

Desorbitada fue mi alegría, inundó todo mi organismo

Hasta la última de mis células se hallaron llenas de gozo

A pesar de no conocer tu rostro

Mi colmado corazón te otorgo uno

Me permitiste experimentar y sentir el nirvana

Sin imaginar, fuese un tiempo raudo

Tan efímero como mi propio aliento

Colocaste mi fortaleza sobre la línea

La sangre como unión sagrada

Misma como un vórtice recorre mis venas

Lo hizo por las tuyas

Cuando el cielo, el olimpo, te reclamo de vuelta

Recibí la más atroz de las calamidades

Fragmentando mi espíritu, mi alma en pedazos

Sentir como mi organismo estalló

Convirtiéndose en humo, polvo y cenizas

Las más hermosas de mis memorias

Acontecieron en la brevedad de tu existencia

Fue ahí donde alcancé la plenitud como ser humano

El olimpo con un despiadado celo te busca

Reclamaba tu presencia

Sin considerar mí llanto, mi tristeza y amargura

Te resguardó en la intimidad de su espacio

Sacrificaría lo indecible con sólo la ilusión

De observar la pureza de tu rostro

Desear sólo sentir la calidez cósmica

Emanada de tus diminutas e inocentes palmas

A pesar de no poderlas estrechar jamás

Más nunca pudiste manifestarte en la propia tierra

Sin importar, te sentí, sentí como mi alma

Hablase con la tuya, unidas en una calidez celestial

Te convertiste en la más brillante de las estrellas

Siendo sin duda una luminaria fugaz

El día en que el olimpo te reclamó

Mi corazón murió en ese momento

Aun así, a pesar de la aguda tristeza

Mirarte brillar en el firmamento

Me otorga un ápice de esperanza

Aunque se encuentre en el lejano horizonte

La palpitación de mi musculo cardiaco se recupera con lentitud

En un futuro espero poder volver a encontrarte

Y esta ocasión rehusarme

A que el olimpo vuelva alejarte de mi lado

Sólo y sólo entonces poder estrecharte entre mis brazos

Sólo así volverá la alegría a mi ser

Así regresará la sonrisa a mis labios

Imaginar en visualizar tu rostro

Ver la ternura de tus mejillas sonrosadas

Sólo así volveré a creer en el amor

Ya que eso eres mi amada luminaria fugaz.

Mujer

El radiante sol ilumino tu rostro

Tus mejillas de cristal resplandecen

Perfectos son tus ojos de diamante

Eres una aurora boreal convertida en mujer

Los matices de la naturaleza ensalzan tu piel de seda

Lluvia estelar por cabellera

Estallan los sentidos de los hombres sólo de mirarte

Caramelos son tus labios

Las perlas más bellas del océano adornan tu sensual boca

El trinar de las aves es opacado por tu voz

Un sonido intemporal, tan melodioso que se escucha

En el nirvana o el Valhala

La suavidad, delicadeza de tus palmas

Son el tacto de los pétalos de las más bellas flores

Una sonrisa maravillosa que hasta la luna se ha celado

Tu mirada es tan incandescente, intensa como la vía láctea

Un oasis son tus piernas

Los dulces más exquisitos son tus muslos

Eres tu mujer, la mayor creación

El regalo más grande del creador a esta tierra, eso eres tu mujer.

Ninfa

Hechicera de bosques antiguos

Emergéis a través de los abetos

Con esas pupilas de luna hipnóticas

Capaz de cautivar a cualquier viajero

Apartarlo del sendero

Hacia tus brazos o la perdición absoluta

Tu cautivadora voz subyuga a cualquier mortal

Le abres las puertas del nirvana

O la más aterradora oscuridad

El azabache de tu cabellera

Surge a través de las cascadas

Aprisionando a quienes consideras seres inmundos

Noctambula de los bosques, los salvaguardas

De aquellos impuros

Con el hechizo de tu mirada aún permanezco

Entre estos abetos

Buscando enclaustrar tú candorosa y poderosa voz

Robársela al mundo

Y perpetuarla en mi interior.

Tinta Tres

Esta noche de estrellas

El circulo de fuego

Brilla en plenitud

El arcoíris resplandece

Causando una emoción gratificante

Aquella inmaculada, rompedora del pasado

Hoy creceré bajo el cobijo de las estrellas

Hoy mi sangre se revitalizará

Hoy abrazaré un nuevo amanecer

Hoy mi corazón vuelve a nacer.

Madona

Luz de luna

Tus ojos de estrellas

Sois mi musa oscura

En esta mañana

El resplandor de tus ojos

Brillan más allá del firmamento

Como un girasol al florecer con el amanecer

El atardecer ilumina tus pupilas

Las estrellas observan a la luna brillar

Embelesadas con su luminosidad

Desconociendo que es el reflejo de tu sonrisa

Magnificente de vuestra presencia virtuosa

Notas celestiales en el firmamento

Hermosos ojos posees

Dos claros de luna por pupilas

En un espacio incorpóreo la luz de tu mirada

Capaz de traslucir la materia

Intoxicar al más virtuoso de los seres

Sanar al más inmundo de los humanos

Sin importar que tanto brille la luna

No podría equipararse con la calidez de tu mirada

Resplandeciendo en el atardecer de la mañana

Mi corazón, encendiéndose como si Marte cobrase vida

Reclamando el espacio terrenal

El mismo que llenas de gracia

Con esa sonrisa de iceberg

Como una llovizna, la cual adormece mis sentidos

Entorpeciéndolos entre tus caricias

De una divina Madona.

CREPÚSCULO

Eclipse

Un caminante nocturno

Aparece en los parajes,

Del tiempo, con pies de arena

Una tormenta en las venas

Destruyéndolo desde adentro

Con la mirada en lo alto

Suplicándole a la pálida

Guardiana de la noche

Logré apaciguar al Kraken

Que clama desde su interior

Luchando por salir

Queriendo devorar a los hijos,

De la guardiana nocturna

La mirada está perdida

El pasar de los tiempos

Sólo de lodo lo han hecho

Sin poder detener ese,

Horrendo sonido

Que le devora las entrañas

Ni el vigilante perpetuo

Ha podido sofocar

El cólera de la bestia

El caminante, se está quebrando

La furia tomando fuerzas

De un intangible ser

Al cual el Kraken llama,

Padre, deseando salir

Del milenario encierro

En el cuerpo del caminante

La arena lodosa

No soportará mucho,

Tiempo, el agonizante

Llamado, parece no escuchar

La guardiana no responde

El vigilante no brilla

Las palpitantes ventosas

Laten con fuerza

Sólo una gota de esperanza

Se asoma en el lejano horizonte

La unión de la guardiana y el vigilante

Calmarán a la bestia

Esta unión llegará cuando,

El alma y el corazón

Estén en paz.

Ciclo Celestial

Cuerpo mutilado, el alma ya no respira

Calor espontaneo, calcina el carmín

Recorre las cavidades de un ser incompleto

El río aún no se ha evaporado

Sólo se derrama la afluente

Alimentando la tierra sedienta

Preservando el ciclo que el tiempo impone

Contra este no se puede remar

Peor que la mayor de las tormentas

Cuando los átomos carbonosos alimentan a otros

Los seres agradecen la ausencia vital

Lloran de placer por la gratitud de ese llamado espiritual

Que libera ese relámpago celestial

Siguiendo un camino de flores o espinas

Esperando cuando la balanza culmine su labor

Sueño eterno, causante de placer o dolor

Dejando sufrimiento, llanto y melancolía

Fortaleciendo los corazones que aún laten

Buscando completar la parte faltante

Anhelando alcanzar la perfección

De una alma corrompida.

Libertad

Al fin ha llegado la hora, de ser libre

Largos años bajo tu sombra los viví

Al fin te compadeciste de mí y mi corazón devolviste

Con tu cálida saliva, me otorgaste mi libertad

El momento ha llegado, donde el halcón al fin puede volar

Tranquilo un nuevo suelo poder pisar

Entre duras montañas poder planear

Llegar a una nueva tierra y poderla conquistar

Clavándole las garras a lo que me impida crecer

Con el pico sacarle el corazón, a lo que me hacia la muerte desear

He recuperado mi libertad, de volver a soñar

De tus duras cadenas me he logrado liberar

El cuerpo ha recuperado su calor

El frío se esfumó con aquel maldito dolor

Ese agobiante olor

La muerte se ha ido, ahora puedo dejar este repugnante y desagradable sabor

A basura, lombrices e insectos

De los cuales estaba hecho

Escucho como mi corazón late y quiere salir de mi pecho

¡Con un demonio!, al fin estoy completo, con cada uno de mis pensamientos

He recuperado mi libertad de volar

De suelos teutones pisar

Este escritor al fin puede volver a dormir

Sin deseo alguno de morir.

Tinta Cuatro

De antepasados guerreros

Hollín en las venas

El filo del hacha en el corazón

Luchador por herencia

Cicatrices de orgullo

De una genética única

Canciones bélicas en los oídos

Sangre en el rostro

La muerte de almohada

Los hermanos caídos

Recuerdos inmortales

Memoria de los campos

El hacha en el corazón

Los arboles de testigo

Odín mi patrono

De recompensa, la gloria

La inmortalidad, la meta

La costa de la vida

Guerrero soy

El hacha de mi alma

Mis barbas de sabiduría

Enano soy

El oro de mi amor

La batalla de mi diversión

La oscuridad mi hogar

El hacha de mi corazón

Sangre en mis manos

Guerrero soy

Valhala mi anhelo

La tierra mi camastro

El último aliento exhalado

Cuando mi sangre tiña los campos

Alcanzaré la mayor de las glorias

La tierra sudando carmín

Devorando los tiempo antiguos

Olvidando las memorias de un guerrero caído.

Sólo Yo, Sólo Uno

Escapando del tiempo

Llegando tan lejos

Explota mi cerebro

Los sueños dejan de ser ideas

Volando en el limbo

Tan libre como un ave

Sin ataduras terrenales

Sin cuerpo, sin masa

Sólo yo, mis sueños

Mis ideas, sin nada

Más libre que nunca

Dejándome llevar por el viento

Un mundo perfecto

Sólo hay uno

Está guardado, queriendo

Salir, es mi interior.

Babel

Bajando de la torre de Babel

Construida años atrás, sólo descendí por ti

En el pasado no había necesidad de hacerlo

Sólo por ti valía la pena arrojarse desde lo alto

Comenzando con una nueva vida

Apartado, lejos de la sociedad, de una vida solitaria

Me sorprendería el sol

Iluminándome, mostrándome un nuevo camino

Donde podría empezar a andar en tu compañía

El cielo escucho mis plegarias angustiosas

Aquellas que se levantan por las noches

Llegar a lo más alto del firmamento

Encendiendo las estrellas

El momento de precipitarme de esa vieja torre

Los cantos de un hombre solitario fueron escuchados

En el instante en que apareciste a las puertas de mi corazón

Abrirlo y llenarlo de pasión

Brindando la mano para iniciar ese nuevo viaje

Tal cual estaba esperando

Con un corazón enteramente enamorado

Aunque hay noches donde no estás en estos brazos

Los cuales te abrazarán y mirarán con los ojos del alma

Saliendo de las sombras sólo por ti,

Sólo a tu lado deseo caminar

Pagaría cual fuera el precio de tu felicidad

Sin medir el costo lo haría

Así me pidieran el resto de mi vida

Sólo por decirte te amo

El sol y la luna son testigos de este insano amor

Como otros tantos tiene tropiezos

Sin embargo es más fuerte

Llevando la bendición del creador

El principal cimiento es la honestidad

No hay obra de la naturaleza capaz de quebrantarlo

Sólo nosotros somos capaces de ultimarlo

Únicamente nosotros somos competentes de hacerlo crecer

Cual infante comienza a vivir

Sólo por ti derribe la torre de Babel

Deseando estar a tu lado

Sólo en tu compañía caminar

Sólo a tu lado deseo vivir

Y poder decirte te amo.

Tinta Cinco

Con los pies descalzos caminando alrededor de un viejo roble

El frío viento soplándome y rozándome la piel del parpado

Por un instante la vista se me ha nublado

Cuando mi visión se aclara comienzo a sentir hambre

Continúo desplazándome sin rumbo

El ritmo de mi corazón se acelera

El invierno abrazándome con su frescura

Tratando de dejar mi cruz en el olvido

Me causa molestia recordar

Me siento histérico con sólo pensar

Que este fuego interior se ha consumido

Como un capitán sin brújula está perdido

El cansancio me ha vencido y he caído tendido

Rodando por el barranco

Hasta golpearme el flanco

Recordar la luz de tus ojos, la energía me ha revitalizado

Tras años de seguir la parsimonia

Había logrado sentir la alegría

Culminé haciendo una fortuna

Con tu sonrisa encendiste la luna

Mi desesperación por encontrar una herramienta la cual fuese perfecta

Para poder alcanzar una nueva meta

Porque mi límite sería conquistar un nuevo planeta.

Alcura

El laberinto de tu corazón tiene una enorme cerradura

El habitante que ronda y desgarra

Tus paredes internas hasta tu garganta

Pobre hombre, herido te sientes como una inmunda rata

Los relámpagos sin misericordia

Electrocutan tus malditos huesos llenándote de melancolía

Cuando a tu amada perdida en la lujuria

El éxtasis le arrebato la vida con esa sobredosis mortal, aún era de día

Te convertiste en el minotauro del cementerio

Guardián de su lápida cubierta de flores, te alimentas de la luna

Apartado del mundo entero, amas tu encierro

Arrancando lágrimas de sangre cuando miras inscrito aquí descansa Pura

Nombre de tu amada que te acepto sin importarle que te vieras como una gárgola

Tu llanto lleno de dolor lo gritas en la oscuridad maldiciendo porque esta no volverá

De su tumba no se levantará

No besara tu cara desfigurada

En su juventud era normal hasta que el fuego la cambio y pensaste

Que mejor estarías muerto hasta que ella apareció

Con su pureza entró a tu corazón y de amor lo lleno

Sin contar su adicción que la muerte te la arrebato

Colocándote un gigantesco candado

Cambio tu nobleza por rencor y odio

Llenándote de rabia y ardor

Aún te mantiene vivo el amor

El río quebró tu fortaleza

Gota a gota tu alma no logra sanar

A sus pies le recitas los cuentos de Edgar Alan Poe, que tanto la hacían feliz

Como un tambor gigante que acelera tu corazón al cantar

Los versos que escribiste en su nombre el día que descendió a fundirse con la tierra

Queriendo ser ese gusano y navegar entre sus huesos

Llegar a sus brazos y cerrar los ojos

Dejándote morir, haciendo tu sueño realidad

Dejar de ser esa bestia mítica

Una bala perdida mientras llorabas sobre su tumba, penetra tu nuca

Bañando de sangre el nombre de Pura

Bendita justicia, tu sueño cumplió y aquí descansa Alcura.

Carroña

Los buitres saben dónde hay alimento

Cuando a la vida se le termina el aliento

Terminan la labor iniciada por la diabólica serpiente

Envolviendo sus entrañas hasta dejarlo inerte

El ser ahora sólo es un espectro

Vagabundo de la tierra

Buscando su camino

Después de la muerte que tanto añoraba

Sin poder soportar la soledad que lo consumía

Envuelto en llantos de suplica

A la muerte llamaba

Cumpliendo su sueño

Un alma nocturna

Nunca olvidará su primer llanto de cuna.

Tinta Seis

La alegría tiene múltiples caras

Así como sonrisas, asteroides cayendo a la superficie

Las venas estallando de júbilo

En otrora fue lo radiante de tus caninos

Desgarrando cada musculo de mí ser

Fluye como un río salvaje

Sangre negra, esta ha alimentado

Las entrañas de mi cerebro

Cada una de mis neuronas agoniza

En un tatuaje purpura, se haya el agobiante corazón

De este Romeo, quien ha deseado tus labios

Así como el minúsculo hombre, lo hace con las estrellas

Ahogado en su propia sangre

Sólo en ti encuentra la libertad

En ese alarido fúnebre

Ese llamado espiritual y sepulcral

Cuando la voz de la parca pronuncia su nombre.

Pérdida y Derrota

En un día oscuro cubierto de nubes y relámpagos

En el interior de un hombre su espíritu se ha hecho pedazos

El podrido mundo se ha devorado sus sueños

En la noche es incapaz de cerrar los ojos

Desde pequeño fue un guerrero como de los que no hay en la actualidad

La sangre de un gladiador romano llenaba sus venas

Sintiendo una pobreza no económica, causada por esta miserable sociedad

Ese hombre que era todo un soldado se ha rendido producto de frías cadenas

Le abatieron el corazón y no son metálicas

Al mirar en el espejo sólo ve calaveras

Sonidos eléctricos le coagulan la sangre de la profundidad de su mustia alma

Asténico hombre ni en las estrellas encuentra la calma

El rugido de los dragones, terminaron con lo último que le quedaba

Sus sentimientos se incineraron cuando presenciaba el alba

Un pájaro mensajero llevó el mensaje que lo ultimaría

Decía que su amada, su reina había dejado de amarlo y nunca más lo haría

Dejó de creer en su Dios, sólo quería penetrar en su espejo

Formar parte de él, envuelto en ese valle incandescente

Donde sufriría eternamente

Es un sueño que un mundo fúnebre no le arrebataría siendo su mayor deseo.

Reclamo

En tu inmensidad territorial

Es tan basta la injusticia

Como cuencas oculares existentes

Diseminadas por las masas continentales

Destrozando a los inocentes

Mofándote de los honrados

Lágrimas de tinta humedeciendo las superficies

De honestos sollozantes entre mantas de cartón

El piadoso clama justicia

Así como las plantas suplican por la lluvia

La decencia humana se ha deteriorado

Al igual que la fragilidad mental

Viviendo entre inmundicia

La tierra hierbe de ira

Debido al malestar de los hombres

Los buenos, son los que sufren

El dolor ahogando sus corazones

Cuerpos de arcilla mancillada

Por tu rostro corrupto

Vomitando la dignidad y la honradez

Diversión, placer exudas con el pesar de la escoria

Respirar el óxido de la justicia atávica

Enclaustrada entre puños de hierro

Lamentos cervales nublando el ambiente

El hastío de quienes padecen tus vejaciones

El fenecimiento como el único anhelo

De un cambio bienaventurado.

Tinta Siete

Fugitivos de la podredumbre

Los viejos hablan de tiempos peores

Escapamos de una miserable realidad

Los sueños son la única salida

Cerrando nuestra cabeza al exterior

La juventud se muere

En un apocalipsis temprano

Bloqueando el interior

En una intimidad sollozante

Con sangre caliente

La impotencia reinante

De una sociedad suplicante.

Oda a la Honestidad (Mentira)

Te visualizan como una extraordinaria virtud

Una cualidad sumamente peculiar

Un valor de inmensa valía

El mundo pregona que te quiere en sus habitantes

No es otra, si no la bendita honestidad

Una de las mentiras más grandes de la creación

Eso es lo que eres, sólo una alegoría

Que fortalece la falsedad

Con la cual nuestras sociedades se sostienen

Los individuos se ahogan en su propia saliva

Cuando le piden, le exigen a otros honestidad

Incapaces de aceptarla, de verla, de cobijarla

La rechazan, en el fondo, la repugnan

Igual que al más perverso de los homicidios

Es más fácil vivir en un mundo de mentiras

Quien se ampara en esta solemne virtud

Tiene que vivir como si en su interior

Poseyese al más atroz de los virus

A la más caótica enfermedad, a la más destructiva epidemia

Como un reactor nuclear a punto de estallar

Es una verdad que la mentira tiene una mejor aceptación

En esta nuestra podrida sociedad

Un espacio colapsado de mascaras

Donde las mentiras son verdades absolutas

Huérfanos son aquellos

Quienes se rehúsan, a colocarse una careta

Sólo queda aceptar el rechazo y vivir con él

En un mundo de falsedad, una podredumbre de sociedad

Donde cada vez, el paraíso está más cerca de la soledad

Las palabras y los buenos sentimientos

Están perdiendo su valor

Un despiadado mentiroso es más que nunca un héroe

Es mejor mentir con palabras candorosas

Que hablar con honestidad

Si el rechazo, no estás dispuesto a aceptar

El camino de la vida, cubierto de espinas se hallará

Una farsa es en lo que te has convertido

Engañando desde tiempos remotos a los pobres incautos

Con falsas esperanzas que al sostener tu bandera

Encontrarían la felicidad

De porquería envenenaste sus espíritus

Ya que hoy en día, una mentira

Es tan placentera como un jardín de rosas blancas

Sólo eres un fantasma vagabundo

Claudicando corazones inocentes

Mintiendo que eres el camino a la alegría

Cuando resulta ser un baño ácido

Aún en soledad, puedes sentirte satisfecha

Honestidad, aún existimos fieles

Quienes te abrazamos con toda la fuerza de nuestras entrañas

Sin importar que los muros lloren

Al ver la sangre de los parpados brotar.

LUNA

Óbito

Sin importarte de quien se trata lo llamas a tu lado

Son pocos los hombres quienes no te temen

Arrastras a las almas de los mortales a su juicio final

Entre los vivos provocas el llanto, el coraje y el cólera

Eres tan difícil de interpretar, pues te adueñas de la tierna juventud

Te nutres de la sabia experiencia y te alimentas de la madures

Vives dentro del pensamiento humano

Formas parte de su terror y de su agobiante dolor

Tienes muchas caras y formas creadas por la imaginación humana

La sangre está asociada contigo de muchas maneras distintas

Soñadores quienes quisieran ser inmortales para no verte

Provocas el miedo más profundo

La historia te ha dado una enorme cantidad de nombres

Surgidos por la voz mortal

A comparación del resto, hay para quienes eres una santa

Quien satisface sus más íntimos y profundos deseos

De lágrimas pueblas los ojos

Hay quienes cantan y bailan en tu nombre

Otros tantos te respetan y a su vez se asustan

Sienten temor de que llegue el momento en que su nombre pronuncies

Que con terroríficas palabras les digas que ha llegado la hora

De rendir cuentas a quien hay que otorgárselas

Te presentas de múltiples formas para hacer el oscuro llamado

Apagando su tan anhelada flama vital

Para unos cuantos eres sagrada

Como para otros lo es, el agua bendita

O el sagrado cuerpo de Cristo.

Bestia Negra

Animal nocturno, devorador de almas

Ese líquido rojo es tu maldito alimento

El whisky arde dentro de tu podrida mente

Consumiendo tus recuerdos

Llenando tus viseras de energía

Al sentir la más dulce pasión que produce el dolor

Recorres la jungla tras tu alimento,

El odio es tu amo

Te ordena desde el interior de tu cerebro

A descuartizar a los demás

Tus oraciones son para satán

Las manchas en tu cuerpo no pueden ser borradas

El tinte infernal las pinto para reconocer a su perro

El sabor de la carne te arranca el orgasmo

Llevándote por unos instantes a casa

Donde quisieras pasar la eternidad

Hasta que la electricidad detenga,

Ese oscuro corazón

Matando a la bestia negra.

Ataúd de arena

Sobre la arena, me encuentro contemplando las estrellas

La atmósfera fría quiere helarme el cuerpo

La sangre cambio de color, cuando el corazón se transformó

Dos témpanos de hielo tengo por ojos

La arena me envuelve en un ataúd

Obligándome a confrontarme con mi lado más oscuro

El cual es un demonio, lleva por nombre Cerbero

La sangre tiene un sabor delicioso

Ver dentro la miseria sin mascara alguna

El dolor en forma de cuervo

Las pesadillas siendo una gigantesca serpiente

No hay salida, no se puede correr

Ver en mi interior un zoológico infernal

Habitantes del fondo de mis entrañas

Aliviar la sed con el sabor de ese río rojo

Placer me causa ver a la humanidad sufrir

Es glorioso, sentir dolor

Empatía inexistente, sólo un alma miserable

No hay salida, no se puede correr

Atrapado estoy en este ataúd de arena.

Tinta Ocho

Las sombras me cubren esperando la visita de Dios

La negrura engulle a cada palmo mi ser

Cada partícula, célula y sistema

Ese designio divino, un mandato celestial

Venido desde las entrañas del olimpo, el nirvana

Cargado de oscuridad

Envolviendo, devorando mi ser

Sólo tinieblas aparecen en el horizonte

El pasado y presente significan eso

Una oscuridad total, un lugar vacío

Donde mi alma aúlla

Sin ser escuchada, mi voz se la lleva el viento.

Calle Sin Nombre

En una calle sin nombre

A mi alrededor almas en pena

Espina enterrada en la profundidad

Lacerando el espíritu, mortificando la memoria

Angustia y sufrimiento como sanguijuelas

Infectando mi organismo

Cambiándolo de color, ennegrecido se encuentra

Una imagen de ojos sanguinolentos

Y un corazón de fuego

"Bienvenido al camino de las almas perdidas"

Ha llegado el momento de reunirme con los demás

Caminar, sangre a mí alrededor

Recordar mi sepultura en tu nombre

Encontrarme en este glorioso hogar

Donde las cucarachas salen de mi boca

Con un sabor dulce

Ese que tu rechazo no fue capaz de alcanzar

Los demás pisando mi ser

Un recuerdo del pasado vivido

Cuando tu corazón quise conquistar

Otra criatura lo alcanzo en prontitud

Escupiendo mi rostro, deformándolo

Mi cuerpo apuñalándolo

En una calle sin nombre

Sólo la perpetúa apócope

Que aún trastorna mi espíritu

Lacerando mi corazón

Con el recordar de tu mirada

Tus ojos, en esta calle sin nombre.

Cicatrices

Huellas del pasado, cual espinas ponzoñosas

Clavadas en mi organismo

Marcan cada porción de mi marchita dermis

Fantasmas necrófagos, esperan mi caída

La oscuridad consumiendo mi cerebro

Ni un ápice de esperanza

Asoma en el lejano horizonte

Tempestad recorriendo los surcos de mi cuerpo

Ese río carmesí rugiendo con un estruendoso alarido

Del pasado emergen violentamente

Nuevamente causando un pesar sepulcral

Marcas de hierro incandescente

Aparecen desde un tiempo vetusto

No es otro, tu recuerdo

Un cumulo, un tumulto de cicatrices

Honrando la profundidad de las cavidades

De mi fuente primigenia

Vomitando tinta negra

Las arcadas de las cicatrices

Sofocan mi aliento

Los más bellos ángeles de la creación

Cada uno con su nombre propio

Ha perpetrado con la suavidad de su mirada

Una grotesca cicatriz en mi ser

Marcándolo, maldiciendo

Dictando una sentencia de muerte

Calcinando mi corazón, hasta transformarlo

En una masa de carne putrefacta

Lejano está el tiempo cuando mis labios

Mostraban una candorosa sonrisa

Ahora sólo una mancha de sangre coagulada

Es todo lo que significa este Romeo caído.

Vampiro

Despertar al ocultarse el sol

Hijo de la oscuridad

Sentir el llamado del alimento

Delicioso liquido cautivo

Le mantiene vivo, es un esclavo

Desea salir, con los colmillos como cuchillas

Romperá la propia carne

La boca se teñirá de rojo

Hasta hacer brotar la sagrada vianda

Inmortal, viajar a través de los siglos

No sólo con los ojos

Son un par de antorchas

Las cuales sólo se apagan al amanecer

Cuando el cazador se retira a descansar

Durmiendo en el cementerio

Sólo sabe que la siguiente noche se levantará.

Catarsis

La quietud de la noche sin sonidos

Sólo escuchando el supurar de mi corazón

Sentir como el pus abandona las cavidades

Acompañada de la sangre negra

De lo que alguna vez fue tu recuerdo

Aquel cuya malevolencia trastornó mis sentidos

Mutilándolos como una hoja de afeitar

Seccionándolos con parsimonia cirujana

Sólo el tiempo hecho catarsis

Ha conseguido de mi organismo casi vacío

Una visión maloliente, es todo lo que eres ahora

La renovación corpórea es lenta

Ha comenzado, desde el momento en que cual liquido viscoso

Abandonases mi organismo

Como células epidérmicas muertas te has desprendido

La catarsis tardo en llegar

Al final te he podido expulsar

Y la luz de la esperanza brilla cual luna en el horizonte.

Nunca Más

Acorralado en cualquier lugar de un mundo podrido

Los demonios bloquean mi camino

Combaten desesperadamente por volver a adueñarse de mi pensamiento

Desean vuelva a ser su hijo prodigo

Esa criatura, más temible que las pesadillas

De mi boca brote el veneno de esa serpiente infernal

Añoran resucité el asesino, aquel ser sin escrúpulos

Están molestos porque aún me resisto

Teniendo una mayor resistencia que en otrora

Sin temor de meter las manos en su amenazador fuego

Ya no soy ese ángel maldito

Que tenía la sangre negra llena de odio

Ahora soy un proscrito de ese mundo oscuro

Me quieren de vuelta, sin remordimiento alguno

Más fiel que un canino

Repudiando al mundo entero

No deseo volver ser ese maldito animal, amante del dolor

No más, nunca más

Ser ese amante de la laceración corporal

Nunca más me arrodillare a los pies de lucifer.

Cerbero

El aullido de un animal herido

Penetrando en medio de la oscuridad

Lo abraza con fría melancolía

Con las garras cubiertas de sangre

Las patas lastimadas, después de la pelea

Con el verdugo que amenazaba su vida

Esa negra oz, casi le degüella

El alarido nocturno de una bestia que no encuentra consuelo

Ni refugio donde llorar

El aire frio le hiela la sangre

Su interior es un gran coagulo

Que se tiñe de negro

Como su propia alma

Deambular entre los bosques

Esperando hallar al culpable de su miseria

Con parsimonia recorre sitios inhóspitos

La luna lo guía y le fortalece

En su sed de venganza

Esperando hincar los caninos llenos de rabia

Transpira odio como si fuese un océano

Se desea liberar de una prisión carbónica

Confrontando demonios, le licuan el cerebro

Le recuerdan cuál es su nombre, cerbero

Bañarse a lengüetazos venenosos

Los ojos como dos antorchas que emanan una ráfaga despiadada

El odio mantiene latiendo su corazón

Los látigos de lucifer ya no son suficientes

Para saciar su hambre y sed

Sólo visitar y devorar al causante de su dolor lo adormecerá.

Vagabundo

Errante, miserable, sin valor alguno

Despojo social, escoria

Ese ha sido mi nombre

El apelativo de mi alumbramiento poco importa

Desvanecido como una estela de polvo

El tiempo lo ha devorado

Hasta el último rescoldo de mi esencia

Sólo un cascaron sin alma, sin espíritu

Vagabundo del purgatorio

Lejanas tierras ardientes, el destino final

Sólo un poco de aceptación

Ese es el deseo puro de mi enfermo corazón

Agobiante, desgarradora la furia del fuete

Del rechazo, de la marca de hierro forjado

En la corteza dérmica

Vagabundo sollozante

Implorando una muerte piadosa

La vitalidad se ha deteriorado

Se ha consumido hasta los cimientos

El limite roto, como un cristal hecho añicos

Este vagabundo sólo desea dormir

Sin volver a levantarse

Sin volver a abrir los ojos

Descansar en un lecho de cempaxúchitl.

Cacofonía Cardiaca

Aún emites movimientos lastimeros permitiéndome abrir los ojos

Cuando la mal sana de mi mente

No hace otra cosa que aprisionarme en un preludio cacofónico

De mis más nefastos recuerdos

Aquellos tan lastimeros, capaces de quemarme la carne

Ennegrecer mis huesos convirtiéndolos en carbón

Eres como ese ciclópeo del pasado que se niega a abandonarme

Existes con cada latido de mi musculo cardiaco

Traicionero, se ha vuelto en un mortuorio conclave

Junto a mi desquebrajada mente con susurros malsonantes

Aviesos sonidos trastocando mi existencia

Cada día más extraviada y enclaustrada

En una paradoja caótica de mi propia existencia

He olvidado lo que es una sonrisa

Así como el recuerdo de la luna

Incluso ya no sé lo que es alegría

Lo único capaz de sentir es miseria

Y la propia muerte.

Sepulcro

En un valle oscuro, escuchar el graznido de los cuervos

Llamar al señor de la oscuridad

Desear olvidarme un momento de la humanidad

Cerrar mis ojos enfermos

Sin querer despertar

Sólo, como un lobo echado en la tierra y aullar

Disfrutar mi cuerpo lacerar

Sentir la pasión de dolor poder gritar

Sentir en mi interior una daga haciendo mi sangre brotar

Llenar una copa hasta que comience a derramar

Placer al beber, como un hijo de la oscuridad

El amante incondicional y fiel de la soledad

Un enfermo mental

Un cruel criminal

Un asesino sentimental

Un hijo proscrito del paraíso celestial

Evolucionar como un insecto para alcanzar la inmortalidad

Sentir tu cruel frialdad

Al abandonarme así poder recordar que nací para vivir del dolor

El sufrimiento alimentará mi alma

Hasta que mi cuerpo mortal logren enterrar

La herida profunda que perpetraste en mi corazón, no logrará sanar

Esta ahí sólo para alimentar al animal que habita mi interior

Aquel cuyo mayor placer es sufrir

Sólo estoy para sobrevivir

De las cenizas levantarme

Después de ser un cadáver

Viviré a través de las letras

El mundo recordará tu nombre.

Tinta Nueve

Encerrado en la jaula

Luchando por salir

Gritando el corazón

Sin poder seguir aguantando

El hedor de estas paredes

Cortando el aire

Peleando por soportar

El sostenerse de pie

Sin desear caer

Deseando libertad

Estrujando el alma

Sangrando por los ojos

Espinas en las venas

Como el animal encadenado

Herido en el corazón

Clamando con fuerza

El interior desea

Romper con todo

En un esfuerzo de libertad.

Ponzoñoso Recuerdo

Provócame dolor, hazme sentir ser el peor

Apártame de la bondad

Llévame donde tranquilamente pueda llorar

Haz mis venas reventar y la sangre brotar

Trae tu recuerdo a causarme este diabólico horror

Sobre espinas deseo caminar y poder gritar

Aún te puedo amar

Conviérteme en un ser eterno

Otórgame ese dulce sufrimiento

Permítele a mi llanto transformarme en un ser enfermo

Ayúdame a la muerte poder llamar

Alegría al ver mi sangre manar

Sabor tan dulce, como escucharme de dolor aullar

Me gusta mi sangre beber

Gota a gota te quiero olvidar

Infortunadamente no lo he podido conseguir

Aún me tienes atado a tu recuerdo

Las personas me rechazan

Por haberte perpetuado en mi memoria

Clávame en una cruz

Corta mi garganta

Con sangre cubrir tu fotografía

Sobre la manta lacerar mi cuerpo

Envenenado se encuentra

A la tumba quiero ir andando

Arrastrando el llanto

Santo Dios de la muerte, no demores tanto

De rodillas estoy suplicando

Tus labios haber besado.

Vuelta al comienzo

Un lugar donde la muerte deseaba

Aquel sitio en el cual sufría constantemente

De regresarme adonde estaba

Aunque me habías liberado te encargaste

Sólo por permitirme amarla

Ella un infierno me hizo sentir

La muerte me hacía desear

La responsable fue otra persona

Nadie comprende mi arrepentimiento

Nadie ha entendido mi sufrimiento

Quisiera estar en el centro de tu casa ahorcado

Por haber amado ahora estoy contaminado

Volver a sentir el cáncer que surca mis venas

Mi interior regreso a ser un baño sangriento

Nuevamente siento ira, dolor y sufrimiento

Volver a sentir el veneno en mi garganta

Con el corazón roto y herido

Con los sentimientos perdidos

En el suelo como un perro caído

Me has regresado a donde comencé

Estoy dispuesto a dártelo con tal que me aceptes

Aunque sangre y dolor me cueste

Todo lo que pido es ser aceptado y amado

La sangre surca mi cara en una herida

Con su guante me da una bofetada

Sólo el payaso de la vida ríe

He sido y por ella siento esto

Nuevamente vuelvo a ser esa mierda

Sólo me queda esperar si volverás

La enviaste para volver a herirme

Te lo pregunto, tu que me observas

Porque nadie puede amarme

Sólo fue un instante, algo punzante

Después de tanto tiempo, pensé que me había salvado

De aquel sufrimiento, que parece ser eterno

Ha vuelto ese fuego interno

De donde pensé me habías liberado

Me has regresado a las tinieblas

Mi corazón volvió a ser lastimado

Hoy nuevamente estoy herido.

Negro Corazón

Hoy siento el cuerpo muerto

Esta vestido totalmente de negro

De los pies a la cabeza

Mi corazón he vaciado

Le dije adiós al primer amor

Así como a la inocencia y la infancia

He abierto mi mente

Y endurecido el corazón

Negro corazón que estas sólo

Es mejor tenerte duro y frio

Que volver a ser sensible y amable

Ya que no eras apreciable y es detestable

La ira que surca mis venas

Me dan una nueva perspectiva

Para ver la vida

Momento de anteponer la razón

Mi única salvación

El sol ya emergió y las tinieblas disipo

Los ángeles y demonios quedaron en el olvido

Al igual que tu

Mi negro corazón ahora comienza

Una nueva travesía

La razón como nuestra guía

Y el sentimiento adormecido

Porque ella nos separo

Y en pedazos mi mente dejo

Ella te llevo lejos de mí

Ahora te ha devuelto a mi cuerpo

El pasado se ha quedado en el olvido

Ahora vemos al frente

Con un tatuaje en la mente

Un corazón negro

No permite entrada alguna

Haber sido lastimados

Por estar enamorados

Fuimos pisoteados

Ya no hay amor

Ya no hay dolor

Ya se fue ese agradable olor

Ya se fue el candor

El olor de tu perfume

Y tus risos perfectos

Ahora son un recuerdo

Que este romeo

Recordará hasta el final de los tiempos

Con el corazón negro

Tatuado en el pecho

Y tú nombre en el corazón.

Celda Fúnebre

La más tétrica de las mazmorras

Es tu corazón, las cadenas

Son tus ventrículos, como oscuros grilletes

Esclavizando mi alma, el cuerpo de quien ha olvidado las sonrisas

El néctar maloliente con el que me alimentas

Es tu sangre tosiga

Te vales de ella para ahogar mi garganta

Gangrenarla hasta sus raíces

A cada latido tuyo, mi esencia va muriendo

Los espasmos de tu malsana conciencia

Devora y carcome mi memoria

Los minutos transcurren con lentitud

Como una ilusión fúnebre

De la cual no puedo escapar ni eludir

Un círculo eterno de pesar y dolor

Donde se ahogan mis lamentos

Mis esperanzas, mis sueños

Los has teñido de negro como la misma noche

Sin estrellas, sin luna, sin razón

Sólo llanto, melancolía y soledad

Mi sangre sea coagulada con el sonido de tu voz

Esa misma, empoderada como emperatriz

De mi ser, de mis deseos, de mis anhelos y sueños

Sin poder romper tus ataduras

Tu sonrisa satisfactoria al ver mi rostro demacrado

Mi ser consumido en el olvido

Donde se destrozan cada una de mis partículas

Cuando la toxina de tus palabras ha contaminado mis oídos

Mi sangre, mi corazón, mi alma, mi organismo entero

Aun me tienes atado a esta celda fúnebre.

Índice

www.ingramcontent.com/pod-product-compliance
Lightning Source LLC
LaVergne TN
LVHW060415200726
843506LV00007B/444